서정시학 서정시 152

그 꽃의 이름은 묻지 않았네

박용재 사행시집

서정시학

박용재

1960년 강릉시 사천면 하평리 출생.

1984년 『心象』으로 등단.

시집 『조그만 꿈꾸기』, 『따뜻한 길 위의 편지』, 『우리들의 숙객』, 『불안하다, 서 있는 것들』, 『사람은 사랑한 만큼 산다』, 『강릉』, 『애일당 편지』, 『꽃잎 강릉』, 『재즈를 마시며 와인을 듣다』, 『신의 정원에서』.

단국대학교 대학원 문학박사.

단국대학교 대학원 문예창작학과에서 강의하는 한편 서울과 강릉을 오가 며 '시의 집'을 짓고 있음.

서정시학 서정시 152

그 꽃의 이름은 묻지 않았네

2024년 4월 30일 초판 1쇄 발행

지 은 이 · 박용재
펴 낸 이 · 최단아
편집교정 · 정우진
펴 낸 곳 · 도서출판 서정시학
인 쇄 소 · ㈜ 상지사
주 소 · 서울시 서초구 서초중앙로 18, 504호 (서초쌍용플래티넘)
전 화 · 02-928-7016
팩 스 · 02-922-7017
이 메 일 · lyricpoetics@gmail.com
출판등록 · 209-91-66271

ISBN 979-11-92580-34-0 03810

계좌번호: 국민 070101-04-072847 최단아(서정시학)
값 13,000원

저기 저문 들판에
이름 모를 작은 꽃잎 하나
툭하고 쓸쓸히 떨어지니
발밑 지구가 꿈틀하네
　　　　　　　　　—「작은 꽃잎 하나」전문

이 시집에서의 신神은 종교적 관점이 아닌 인간의 삶과 죽음을 이롭게 하는 사물의 기운과 신성한 에너지를 일컬음.

시집 앞에

세상의 일부로
살아있거나 죽어있는 것들과 교감하며

들꽃과 새들과 하늘과 바람과 사람이
시와 신의 정령들과 어울려
노래하고 춤추길 바라며

절제와 비움으로

2024, 봄날에

차 례

2부

3부

그 꽃의 이름은 묻지 않았네

1부

봄

나비가 놀러 오니
봄꽃들이 하나 둘 허리띠를 푸네

신을 즐겁게 하는
생명의 마술사 같으니라구!

별눈을 뜨고

가을 수풀 속 부스럭부스럭 소리 나네
발걸음 잠시 멈추고 가만히 들여다보니
들국화 꽃잎에 앉은 풀무치가 별눈을 뜨고
꽃의 귀에 대고 사랑을 속삭이고 있네

너의 재발견

별을 보려고
애써 고개를 들지 않아도 돼
너는 이미
내 맘 속에서 반짝이고 있으니까

그 꽃의 이름은 묻지 않았네

저녁 산책길에서 만난 들꽃 한송이
자기를 잊지 말라며 내 발목을 잡네
몸웃음치며 유혹하는 그 마음 내칠 수 없어
쿵쾅거리는 심장소리 나누며 새벽을 맞네

작은 꽃잎 하나

저기 저문 들판에
이름 모를 작은 꽃잎 하나
툭하고 쓸쓸히 떨어지니
발밑 지구가 꿈틀하네

하늘

풀밭에 숨어 울던 방아깨비 한 마리
비 그치고 산들바람에 별이 실려 내려오자
그 별 잡으려 풀잎 박차고 폴짝 뛰니
하늘이 허리굽혀 무지개다리 놓아주네

무당벌레의 말씀

늦가을 무당벌레 한 마리
달개비 꽃잎 위에 누워 오물거려요
들꽃 한송이가 웃으면 우주가 웃는 것이요
풀벌레 한마리가 울면 우주가 우는 것이라며

참 너그러운 신

더러움도 아름다움도 구별 않고
어디든 편견 없이 흘러 세상을 살게 하니
죽어도 마를 수 없는 운명의 물은
그 자체로 참 너그러운 신이라네

봄나무에 흐르는 강물

물푸레나무에 가만히 귀를 대고 들어봐
봄나무 속에 콸콸 물오르는 소리 들리지?
뼈 속 깊이 퍼지는 하얀 강줄기를 타고
푸르게 푸르게 잎이 샘솟는 소리 들리지?

오색딱따구리

구절초가 고개 흔들며 안내하는 길 따라
새들과 바람이 둘러앉은 그곳을 찾아가네
매일같이 부리를 벼려온 오색딱다구리
나를 위해 교향곡 연주를 들려준다네

내 몸 속에는 달이 산다네

강릉 태생인 내 몸 속에는
어머니 그리워 바라보던
경호鏡湖 위에 뜬 노란 달이
평생 동안 살고 있다네

봄바람을 덮고 살아가네

붉은 태양이 대지를 데우는 봄날
들꽃들이 눈을 뜨고 세상에 나왔다네
내가 어머니 포대기에 싸여 성장했듯이
저 들꽃들 포근한 봄바람을 덮고 살아간다네

동백꽃

별의 눈으로 보아도 너는 꽃이고
바람의 손으로 느껴도 너는 꽃이고
새의 입으로 말해도 너는 꽃이고
사람의 몸으로 안아도 너는 꽃이고

봄나무에게

그대 마음이 곧 내 마음 같아서
저토록 이쁜 꽃들을 천지에 피워 주시니
그 향기에 취한 채로 미소에 화답하며
그대와 벗하는 이 순간 감사하여라

하루

아침꽃밭 내가 나팔꽃으로 피어 웃네

나랑 놀던 나비 몇 마리
꽃잎이슬 마신 후 훌쩍 날아가 버리고

내일은 무슨 꽃으로 피어 다시 나비를 꼬셔 놀
수 있을까?

꽃밭에서

꽃은 기쁘리 나비를 만나서
나비는 기쁘리 꽃을 만나서
나는 누구를 만나 기쁜 거지
강릉선교장 매화꽃 같은 너를 만나서지

나비

올해도 어김없이 풀꽃의 신들은
이쁜 꽃을 잔뜩 봄에게 보내주셨네
나비가 하늘을 펄럭이며 노래하네
노란꽃이랑 놀까 파란꽃이랑 놀까

아침산책

풀숲에 앉은 실눈 뜬 풀벌레 한마리
꽃이 피는 소리를 귀 세워 듣고 있네
이슬로 목축인 새들은 하늘을 박차듯 날고
금방 깨어난 백합은 아기처럼 기지개를 켜네

그러하지 않더냐

난 꿈 속에서 나비를 만났는데
넌 꿈 속에서 잠자리를 만났다고 했다
도대체 나비와 잠자리인 게 무슨 상관이냐
하늘을 날아다니는 꿈을 꾸었다는 게 중요하지

봄노래

하느님이 품 속에 넣고 다니던
봄을 꺼내 꽃을 피우고

그 봄꽃잎이 나비를 불러
사뿐사뿐 함께 날개짓 하니

겨울 혹한에 잠시 움추렸던
지구별이 제 자리로 돌아오네

그 기쁨에 나 보다도
들꽃언덕이 덩실 어깨춤추네

2부

참 보고픈 그 사람

그 어떤 기별도 없이
목수국木水菊 꽃잎으로 조용히 와선
하얀 미소로 나를 울게 만드는
참 보고픈 그 사람

그리우니까 사는 거지

살아있으니까 그리운 거지
그리우니까 또 살아내는 거고
그리움은 봄바람이 부르는
가을꽃의 노래 같은 거지

사이

별과 별 사이에는 하늘이 살고
나무와 나무 사이에는 숲이 살고
섬과 섬 사이에는 바다가 살고
외로움과 외로움 사이에는 사람이 산다네

개망초꽃

저 혼자 피어있을 땐
그저 그런 흔한 꽃으로 보였으나
군락을 이뤄 바람에 출렁이니
저 꽃밭 속을 헤엄치고 싶네요

피고 질 수 있다면

꽃이 피면 나도 피고 꽃이 지면 나도 지고
봄 여름 가을 겨울 해마다 피고지고 피고지고
그렇게 피고 질 수 있다면 찔레꽃 가슴에 앉은
별의 눈빛같은 새벽이슬도 전혀 부럽지 않겠네

강릉 홍매화

입 가진 자에게 이쁘다 말할 기회 주고
코 가진 자에게 맑은 꽃향기 주고
가슴 가진 자에게 서로 사랑하라는 너를
난 평생동안 눈 속 깊이깊이 넣고 다녔다

승리자

홀로 피었다 홀로 질 줄 아는
네가 진정 인생의 승리자라고
가을꽃에게 넌지시 말을 건넸더니
달그림자 속으로 쑥스런듯 몸을 숨기네

산꽃다지

여름 산에서 만난 산꽃다지
너는 별과 더 가까이 있고 싶어
산산한 산정山頂에서 눈 밝히며
오두막같은 집을 짓고 사는구나

사랑

내 앞에
니가 오다니
눈물이
다 핑 도네

물방울

이른 아침 강릉 경호 연잎 위에 구르는 물방울들
그 속에 모처럼 산에서 내려온 부처님 미소도
가을호수 버들숲 산책을 끝낸 물총새의 노래소
리도
이유 없이 밤을 지샌 내 청춘도 같이 뒹굴고 있네

천국같은 당신

이 세상에 천국이 있다면
부용화芙蓉花 활짝 핀 호숫가 언덕에서
바람이 손짓하듯 나를 부르는
당신이 바로 그곳 입니다

님을 기다리며

별수국 나무 아래 넓은 바위에 앉아
언제 오실지 모르는 님을 그리워하며
산들바람에 미소짓는 저 들꽃을 벗 삼아
기다리고 기다리리 울지 않고 기다리리

너라는 희망

그대 종달새 노래하는 봄 언덕에서
한송이 파란 수국으로 다시 피어올라
나를 기다리거라 끝까지 기다리거라
너에게 도착하기까지 몇 정거장 안남았다

안개꽃

너무 작은 꽃잎이라고 깔보지 마라
누군가에 사랑을 전할 꽃송이를
돋보이게 하는 가는(細) 소금 같은 꽃잎
그 마음이면 더 이상 바랄 게 있더냐?

그냥 꽃이면 되는 거지요

이름있는 꽃은
주목받아 시달림이 많고요

이름 없는 꽃은
굳이 찾는 이 없으니
한없이 자유롭지요

그래서 이름 있는 것보다
이름없는 것이 더 평화롭지요

그냥 꽃이면 되는 거지요

딱정벌레

신은 얼마나 널 사랑하길래
이 지구에 가장 많은 존재로 널 보냈니
푸른나뭇잎 너무 갉아 먹지 마라
벌레야 딱정벌레야, 정 떨어진다야

자비가 산다

꽃이 크다고 하늘이 더 크게 웃는 건 아니지요
사랑도 크고 작음을 따지지 않지요
그 자체로 너무 크기 때문이지요
꽃과 하늘과 사랑 사이에는 자비慈悲가 살지요

어흘리 수국나라

― 최종훈 옹께

수국水菊 나무 사이로
아버지 손길이 분주하다

신이 다녀간 것처럼
그 손길이 고운 꽃을 피우니

나무를 끌어안고 사는
바위산이 환희 웃는다*

---

* 강릉 성산면 어흘리 246, 부자父子 간의 정성으로 만든 정원을 다녀
와서.

숨
―최순일에게

젖은 숨 내쉬니
온 언덕에 봄꽃 만발하고

마른 숨 들이쉬니
온 산에 단풍 가득하다

나를 두고 왔다

강릉 하평리* 들길
그 길에 핀 풀꽃이 너무 이뻐
나를 거기 두고 왔다

오래 머물러도 괜찮다 했다

* 하평리는 강릉시 사천면 소재의 지명.

3부

죽은 풀꽃이 산 풀꽃에게

죽음 또한
한 인연이지요

나와 들꽃과 풀벌레

우주의 일부로 살다 죽은 후
내 사랑하는 들꽃과 풀벌레와 작은 행성에라도
도착해
요 녀석들 다시 살게 할 수 있다면
나는 영원히 잠들어도 소원이 없겠네

외로운 날에는 꽃이 고팠다

너를 젖은 하늘로 보낸 후
몸 속 깊이 흐르는 얼음같이 흰 슬픔
외로운 날에는 꽃이 고팠다
꽃 같았던 니가 몹시 고팠다

접속

교미 후 암컷에게 잡혀먹힌다는 수컷사마귀
풀잎에 앉은 너의 슬픈 눈이 애처롭구나
장맛비에 젖은 대지의 수풀 속에서
삶과 죽음이 끝없이 미래와 접속하고 있구나

꽃잎눈물

저기 능소화 나무에 고독이 덩그마니 앉아 있네
그 고독이 나를 불러 같이 놀자하여 다가갔더니
거미줄에 걸려 죽어있는 여치 녀석 너무 안쓰러
능소화 꽃잎 내 눈물처럼 흐르륵 떨어지네

붓꽃과의 대화 1
— 붓꽃에게

죽음같은 건 슬퍼 않는다네
다만 당신을 만나기 위해
걸어가야할 길들이 나를 버릴까봐
그것 만을 매우 걱정할 뿐이라오

붓꽃과의 대화 2
― 붓꽃이 나에게

시들어 죽는 것은 슬퍼 않는다네
다만 당신이 나를 만나기 위해
걸어올 시간들이 그대를 버릴까봐
그것 만을 심히 안타까워할 뿐이라오

풀잠자리

거미집 근처로만 가지 않으면
죽을 염려는 전혀 없다고 해
평생 조심조심해서 날아다녔는데
그만 세월이란 놈에게 잡혀 죽었다네

가을길

망초꽃 가득한 가을 길에
산 자들이 죽은 자들을 만나러 가네
그 길 위를 살고 죽음이 없는
낮달이 신의 얼굴로 위로하는구나

그런 삶이라면 좋겠네

세상 살다가
신 앞에 도착했을 때
조금 덜 부끄러운
그런 삶이었으면 좋겠네

공생共生

하늘이 영원한 것은
혼자만 살지 않고
세상과 같이 숨쉬며
함께 살기 때문이지요

길이 웃네

내 그림자를 동무삼아 들길을 가네
미루나뭇가지 허리숙여 길을 쓸어주네
강가에 물오르니 꽃이 다투어 피어나고
신의 눈망울 같은 꽃잎미소에 길이 웃네

눈물겨운 사투

기둥도 집도 없이 맨 몸으로
들바람을 견디는 저 작은 풀꽃들의
눈물겨운 사투를 신께서 기억하신다면
내년에도 그 다음해에도 저 꽃 웃게 해주세요

만추晩秋
― 단풍

여름 내내 그렇게 푸르더니
어느새 이쁘게 꽃단장하고
자화장自火葬으로 돌아가는구나
잘 가거라 불타는 푸르름아

풀꽃의 거처

가을 산책길에서 만난 풀꽃에게 물었다
넌 언제까지 여기 있을 셈이냐?
풀꽃이 바람에 나풀거리며 말하기를
난 살고 죽음의 시작과 끝은 이곳 뿐이라오

누추함을 즐기는 저 꽃

겨울비 추질추질 내리는 들판에 서서
비에 젖은 자신의 누추함을 즐기는
시들어 죽은 꽃잎의 당당함에
난 넋을 잃고 말았네

노랑나비가 되어

철늦은 달맞이꽃 꽃잎에 앉은
시간의 정령들은 잠을 설치고
밤새워 신을 그리워한 사내 하나
노랑나비 되어 이슬 속으로 사라지더라

달에게 나를 보낸다

바람에 몸비트는 풀잎에 앉은 달빛이
마치 상아娥娥*의 고운 입술 같길래
나는 그 풀잎에 얼른 올라 앉아
니가 산다는 달에게 나를 보낸다

---

*달에 산다는 선녀. 항아姮娥.

하모니카

너무 일찍 죽은 니가 그리울 때면
밤하늘에 대고 하모니카를 불었지
그 소리길을 타고 내게로 달려오던 별 하나
집잃은 바람들이 내 손잡고 같이 맞아주었지

초적草笛

하늘에 사는 널 그리는 마음 둘 데 없어
종달새가 봄을 쪼는 들길을 마냥 걸었다
하늘과 땅을 이어주는 풀피리 만들어 불며
풀꽃 봉우리마다 이슬 대신 눈물 달아놓았다

오두막
– 구스타프 말러를 들으며

그대 음악이 삶과 죽음 사이에서
불침번을 서고 있다, 아다지에토!
그대 호숫가 오두막에 놀러온 새들이
대지의 노래*를 부르고 있다, 아다지에토!

---

* 「대지의 노래」는 한스 베트케의 시집 『중국피리』에 실린 이백 맹호연 왕유의 시로 작곡한 연가곡.

4부

별에게

온 우주가
집이고 정원으로
그 어떤 경계도 없으니
부러울 것 하나 없겠소

절벽

피는 꽃에는 기쁨의 신이 같이하고
지는 꽃에는 슬픔의 신이 함께 하겠지요
꽃은 절벽에서도 기어이 피어나 웃지만
나의 신은 아직 온다는 아무런 소식도 없고

산사의 꽃

너에게도 귀가 있어 이쁘다는 내 말을 듣고
너에게도 입이 있어 내겐 서둘지마라 전하네

동안거 끝난 부처님 미소는 읽고 가야
꽃을 만나도 그 꽃피는 뜻을 알 것이라 하네

그물은 아무나 치는 게 아니다

가을 강에 그물을 던졌다

은빛 물결타고 팔짝 뛰어 태양을 쪼던
은어는 다 어디가고 낙엽만 한가득이다

물의 마음을 읽지 못한 탓일게다

절제의 신에게

지구여 욕망을 굶기거라
푸른 들판에 바람개비 한가로이 돌고
히아신스 꽃피고 지빠귀 노래하는
평화로운 마을에 도착할지니

나는 나의 적

가지 않아야할 곳을 가게 했으며
보지 말아야할 것을 보게 했으며
듣지 않아도될 것을 듣게 했으며
하지 말아야할 말을 하게 했으니

냉이꽃 한 쌍

종탑 높은 성당의 종소리 울려 퍼지자
들판에 서서 저녁기도를 드리는 냉이꽃 한 쌍
저 작은 풀꽃의 눈동자가 어찌 그리 맑은지
신들도 눈물이 날 지경이겠지요

늙은 미화원

헤진 모자를 쓰고 허리굽힌 채
쓰레기 거리를 쓸고있는 늙은 미화원
까만 눈동자 빛내며 두 팔에 힘주어
망가진 지구를 안쓰러이 닦고 있다

구두 한 켤레

낡은 가죽구두 한 켤레
여름에 돌아가신 아버지를 기다리며
현관 앞 작은 마당에 쪼그리고 앉아
여전히 케이비에스 라디오를 듣고 있다

술노래
― 귀가

꺼이 꺼이 울면서
저녁 노을보다 더 붉게 물든 얼굴 닦으며
새끼 죽은 집으로 돌아가는
검은 모자를 쓴 새 한마리 휘청하네

폭설

대관령 길이 폭설에 막혀
강릉역에서 기차타고 돌고돌아 서울올 땐
집밖에 까지 배웅하던 우리엄마 눈물
철커덩 철커덩 청량리역까지 따라오더라

길 위의 가족

길 위에 한 아버지가 가고 있네
길 위에 두 어머니가 울고 있네
길 위에 세 아들이 냅다 달리고 있네
길 위에 두 딸이 망연자실 앉아있네

대설주의보

온통 하얀 눈의 신전이다
배고픈 새들이 그 눈 속에 눈을 밝힌다
흰눈 속 빨간 산딸나무 열매
신은 발자욱을 남기지 않고 다녀갔다

저 작은 풀꽃이 얼마나 비웃겠습니까?

그 누군가에게 고운 향기도
한줄기 드리지 못한 인생으로 살다가
신의 곁으로 돌아간다면
저 작은 풀꽃이 얼마나 비웃겠습니까?

꿈
— 나의 벽화

하늘에 소 몇마리를 그렸다
풀이 없어 끝없는 공간을 달려가는 소들
달릴수록 점점 푸른 별이 되어가는 소들
꿈에서 깨니 내 손엔 고삐만 들려 있네

소

흙으로 만든 소가
세상에 아무리 많다 한들
그 어찌 논밭을 갈아
한 톨의 곡식이라도 만들 수 있겠나?*

------

* 한산자寒山子의 시를 읽고 나서.

날 저문 언덕에서 들었다

님께서 기다리라 하시니
나는 오로지 기다릴 뿐이라오
저기 까마귀가 검은 하늘을 쪼고
누군가 신발 끈을 고쳐매고 있네

윤회

그럴 수만 있다면
바람에 한없이 흔들려도 울지 않는
이름없는 풀꽃으로나 다시 왔으면
그럴 수는 없겠지만

어느 봄날 산수유나무가 말했다

제가 꽃을 피운 동안 만이라도
안타까이 생을 마감하는 것들이
며칠만이라도 서러움 같은 거 잊고
마냥 웃었으면 그랬으면 좋겠어요

무지개

하늘이 슬픔에 빠진 지구인들에게
천국으로 가는 다리를 놓아주고 있네

무지개 너머에 달의 궁전을 짓고 사는
신들의 이야기를 잊은지 꽤 오래됐다네

나를 흔들어 하늘을 닦는다

어둔 생의 길을 가는 너에게
별들이 조금이라도 더 밝게
네가 가는 길을 비출 수 있도록
나를 흔들어 하늘을 닦는다

꽃의 우주, 우주의 꽃

홍용희(문학평론가, 경희대 교수)

박용재의 시 세계는 꽃들이 살고 사랑하고 춤추는 화원이다. 4행의 정제된 형식 속에 제각기 다른 꽃들의 생기, 표정, 움직임 등이 내밀하게 자기 조직화 운동을 전개하고 있다. 물론 이러한 화원에서는 시적 자아 역시 꽃이다. "아침 꽃밭 내가 나팔꽃으로 피어 웃"(「하루」)는 것을 발견하기도 한다. 꽃의 시선으로 꽃의 세계에 말을 걸고, 듣고, 생각하고, 향유하고, 의지한다. 그래서 꽃을 노래하는 것이 궁극적으로 나를 노래하는 것이 되기도 한다. 일찍이 중국 당나라 시인 왕유(王維, 699년 ~ 759년)가 노래한 세계일화世界一花를 떠올리게 한다. 왕유는 세상이 모두 만성일체萬姓一體의 연속성을 지닌 유기적 총체이므로 큰 하나의 꽃에 비견된다고 인식했다. 한 송이 꽃은 우주적 총체의 내면화이고 우주적 총체는 한 송이 꽃으로 현현된다고 본 것이다. 물론 이러한 전일적인 세계관을 강조하는 온-생명론(장회익)적 인식 속에서 꽃의 존재 원리는 꽃만이 아니라 모든 개체 생명에게 적용될 것이다. 모든 개체 생명이 해와 달을 기본축으로 하는 고유한 생물학적 리듬과 생명 과정을 전개해 나가기 때문이다.

박용재의 시 세계는 바로 이러한 전일적인 생명 공동체적 세계관을 기반으로 한다. 그는 이점을 스스로 "시집 앞에"서 명징하게 밝히고 있다.

세상의 일부로
살아있거나 죽어있는 것들과 교감하며

들꽃과 새들과 하늘과 바람과 사람이
시와 신의 정령들과 어울려
노래하고 춤추길 바라며

절제와 비움으로
　　　　　　　　　　　　—「시집 앞에」 전문

시적 화자 스스로 자신이 "세상"과의 관계 속에서 존재하는 "세상의 일부"라는 인식을 강조하고 있다. 따라서 살아있는 존재자들은 물론 세상사에 관여하는 죽어있는 존재들과도 "교감"하면서 "들꽃/새/하늘/바람/사람/신/시" 등과 어울려 살고 "노래하고 춤추"고자 한다. 이것은 자신의 삶은 결코 고립된 개체가 아니라 "살아있는 것/ 죽어있는 것/들꽃/새/하늘/바람/사람/신/시" 등과의 관계성, 연속성, 순환성 속에서 전개된다는 표백이다.

그렇다면 이러한 전일적인 공동체적 세계관을 구현할 수 있는 미적 형식론은 무엇일까? 이에 대해 시적 화자는 "절제와 비움으로"라고 대답하고 있다. 여기에서 "절제와 비움"이란 자아를 내려 놓음으로써 우주 만물과 교감하고 소통하는 공간을 열어 놓겠다는 것으로 이해된다. "말이 많으면 말에 막히어 뜻이 통하지 않으니 텅 빔의 절제를 지키는 것만 못하다.(多言數窮, 不如守中)"는 노자 〈도덕경〉의 가르침을 떠올리게 한다. 자신의 주장, 변론, 집착 등이 장황하면 어느새 자신의 본래 모습과 멀어지기 때문에 중간의 텅빔(中)을 지키는 것만 못하다는 일깨움이다. 자기 의지와 욕망을 절제하고 비울 때 우주적 자아로서의 본래적 삶이 가능하다는 인식이다.

이점은 이번 시집이 4행시의 구조적 견고성을 견지하고 있는 배경과 직접 연관된다. 4행시는 기본적으로 기승전결起承轉結을 근간으로 하는 전통 시가의 집약적 형식으로서 '극서정시'(최동호)의 원형이기도 하다. 극서정시란 절제와 비움의 근원적인 시적 형식론을 통해 심원한 우주적 소통과 교감을 지향하는 양식으로 이해되기 때문이다.

한편, 다음 4연으로 이루어진 시편은 박용재가 시집 전반에 걸쳐 "꽃"을 중심 제제로 집중적으로 다룬 배경을 짐작하게 한다.

> 하느님이 품 속에 넣고 다니던
> 봄을 꺼내 꽃을 피우고
>
> 그 봄꽃잎이 나비를 불러
> 사뿐사뿐 함께 날개짓 하니
>
> 겨울 혹한에 잠시 움추렸던
> 지구별이 제 자리로 돌아오네
>
> 그 기쁨에 나 보다도
> 들꽃언덕이 덩실 어깨춤 추네
>
> ─「봄노래」 전문

"꽃"은 "하느님"의 창조물이다. "하느님"이 "봄"을 통해 피워낸 생명의 절정이 "꽃"인 것이다. 물론 세상에서 "하느님"과 무관한 것이 어디에 있을까. 그러나 "꽃"은 "하느님"의 뜻이 구현된 가장 완미完美하면서 가시적인 실체이다. 특히 "꽃"이 피면서 "혹한에 움츠렸던/ 지구별이 제 자리로 돌아"온다. "꽃"은 우주 만물이 생기를 찾는 생명력의 표상이기도 한 것이다. 그래서 "꽃"은 "나비를 불러" 모으고 "나"와 "들꽃언덕"을 "어깨춤 추"게 한다. "지구별"은 물론 우주만물이 "꽃"과 더불어 생명력으로 충만해진다.

이처럼 "꽃"의 완미한 결정체로서의 표상은 꽃의 실재는 물론 생활 속의 정서적 유비체계 속에서도 드러난다. "그 어떤 기별도 없이/목수국木水菊 꽃잎으로 조용히 와선/하얀 미소로 나를 울게 만드는/참 보고픈 그 사람"(「참 보고픈 그 사람」)의 경우처럼 삶의 가장 절대적 대상은 "꽃"으로 표상된다.

이렇게 보면 "꽃"은 그 자체로 생명 과정의 결정 또는 절대적 존재자의 뜻을 환기시키고 전언하는 매제이기도 하다. 그래서 "꽃"의 목소리는 깊고 유현하다.

너에게도 귀가 있어 이쁘다는 내 말을 듣고

너에게도 입이 있어 내겐 서둘지마라 전하네

동안거 끝난 부처님 미소는 읽고 가야
꽃을 만나도 그 꽃피는 뜻을 알 것이라 하네

　　　　　　　　　　　　　—「산사의 꽃」 전문

　"꽃"과의 대화의 기록이다. 시적 화자는 "이쁘다"
고 말한다. "꽃"은 내게 "서둘지마라"고 한다. 나
의 질문이 정서적 감각의 차원이라면 "꽃"의 답변
은 형이상학적이다. "꽃피는 뜻"은 "이쁘다"에 있
지 않다. "동안거 끝난 부처님 미소"의 표정과 같은
현묘한 뜻이 함축되어 있다는 것이다. 다시 말해,
"꽃"에는 하느님의 뜻 혹은 우주의 운행원리가 내
재 되어 있다는 것이다.
　다음 시편은 이점을 마치 불립문자의 선문답처
럼 드러내고 있다.

저기 저문 들판에
이름 모를 작은 꽃잎 하나
툭하고 쓸쓸히 떨어지니
발밑 지구가 꿈틀하네

　　　　　　　　　　　　　—「작은 꽃잎 하나」 전문

　4행시의 긴장, 밀도, 템포가 구현된 수작이다.

"작은 꽃잎"이 "툭하고" "떨어"지자 "지구가 꿈틀" 한다. 낙화의 파문으로 인한 물리적 영향인가? 아니면 낙화를 받아들이는 지구의 정서적 감응인가? 아마도 이 둘이 모두 포함될 것이다. 마치 큰 바다에서 작고 세밀한 하나의 물결까지도 스스로 움직이는 것이 아니라 바다 전체의 역동 속에서 전개되듯이, 낙화와 "지구가 꿈틀"하는 움직임은 물리적 파장과 무관하지 않을 것이다. 또한 이처럼 지구공동체에서 물리적 영향 관계는 정서적 감응을 수반할 것이다. 지구생명공동체에서 "툭하고" "떨어지"는 "쓸쓸"함은 주변의 모든 사물들에게 동기감응同氣感應을 불러일으킬 것이기 때문이다.

이와 같이, 어떤 생명 현상도 폐쇄적인 개별성과 독자성에 머물지 않는다. 꽃의 재발견과 감상에서 출발한 시적 화자는 삼라만상이 모두 유기적인 우주적 관계성과 협동 과정의 산물이라는 자각에 이르게 된다.

풀밭에 숨어 울던 방아깨비 한 마리
비 그치고 산들바람에 별이 실려 내려오자
그 별 잡으려 풀잎 박차고 폴짝 뛰니
하늘이 허리 굽혀 무지개다리 놓아주네

―「하늘」전문

"방아깨비"가 별빛과 만나는 순간이 포착되고 있다. "방아깨비"의 몸짓 하나도 우주적 선율 속에서 이루어지고 있다. "산들바람에 별이 실려 내려오자" "방아깨비"가 "박차고 폴짝" 뛴다. "방아깨비"는 어떻게 높이 도약할 수 있었을까? "하늘이 허리 굽혀" "다리"를 놓아 주었기 때문이다. "방아깨비"의 생명 과정 역시 "우주의 일부로"(「나와 들꽃과 풀벌레」) 설명된다. 이처럼 개체 생명은 모두 우주 생명의 속성을 지닌다.

다음 시편은 "나무"를 통해 본 이러한 우주 생명 현상을 밀도 높게 그리고 있다.

> ① 물푸레나무에 가만히 귀를 대고 들어봐
> 봄나무 속에 콸콸 물오르는 소리 들리지?
> 뼈 속 깊이 퍼지는 하얀 강줄기를 타고
> 푸르게 푸르게 잎이 샘솟는 소리 들리지?
> ─「봄나무에 흐르는 강물」 전문

> ② 더러움도 아름다움도 구별 않고
> 어디든 편견 없이 흘러 세상을 살게 하니
> 죽어도 마를 수 없는 운명의 물은
> 그 자체로 참 너그러운 신이라네
> ─「참 너그러운 신」 전문

시적 화자가 "물푸레나무"에서 "강물" 소리를 듣고 있다. "뼈 속 깊이 퍼지는 하얀 강줄기"가 흘러서 "푸르게 푸르게 잎이 샘솟"고 있다. 다시 말해, "물푸레나무"의 푸른 잎은 샘솟는 "하얀 강줄기"의 발현이다. "하얀 강줄기"가 없을 때, "나무"는 없다. 그래서 "나무"는 서 있는 "하얀 강줄기"라고 말할 수도 있으리라.

그렇다면, 나무의 성분을 이루는 "하얀 강줄기"의 성향은 무엇일까? 시 ②는 이러한 물음에 대해 대답하고 있다. "물"은 "신"의 성정을 지닌다. "더러움"이나 "아름다움"에 대한 차별을 두지 않는다. 미추美醜의 감각적 분별을 이미 훌쩍 넘어서 있다. 가장 높은 곳에서도 가장 낮은 자세로 어디에도 차별 없이 흐른다. 그래서 "세상"의 모든 생명이 두루 온전히 살아가게 한다. "물"이 마르는 순간 세상은 죽음의 땅이 된다. 그래서 "물"은 곧 "너그러운 신"이라고 말할 수 있게 된다. 물론, 여기에서 "물"만이 "너그러운 신"인 것은 아니다. "물"과 같은 생명 현상의 활동운화活動運化 주체는 모두 "신"에 해당한다.

온통 하얀 눈의 신전이다

배고픈 새들이 그 눈 속에 눈을 밝힌다
흰눈 속 빨간 산딸나무 열매
신은 발자욱을 남기지 않고 다녀갔다
　　　　　　　　　　　—「대설주의보」전문

　"온통 하얀 눈"으로 뒤덮인 눈밭이다. 그러나 여
기에 "새들이" "눈을 밝"히고 있고 "산딸나무 열매"
가 빨갛게 빛나고 있다. 이토록 신묘한 아름다움을
어떻게 이해해야 할까? 시적 화자는 "발자국"을 남
기지 않은 채 다녀간, "신"의 창작물이라고 노래한
다.
　이렇게 보면, 여기에서 "신"은 초월적 절대자가
아니라 생명성(活), 운동성(動), 순환성(運), 변화성
(化)을 이루어나가는 유무형의 우주의 기운이며 질
서라고 해석된다. 이러한 우주적 활동운화活動運化
의 질서 앞에서는 물리적인 크기나 높낮이와 무관
하게 모두가 평등한 우주 공동체의 구성원이다.

꽃이 크다고 하늘이 더 크게 웃는 건 아니지요
사랑도 크고 작음을 따지지 않지요
그 자체로 너무 크기 때문이지요
꽃과 하늘과 사랑 사이에는 자비慈悲가 살지요
　　　　　　　　　　　—「자비가 산다」전문

큰 꽃이나 작은 꽃이나 모두 "하늘"의 섭리의 산물이다. 따라서 우주만물의 외형적인 크고 작음과 높고 낮음의 차별은 있을 수 없다. 일즉다 다즉일 一即多 多即一, 즉 하나 속에 전체가 있고, 전체가 곧 하나이다라는 원리이기에, 모두가 하나이면서 모두가 동일한 전체이다. 그래서 모든 개체는 "그 자체로" 우주적 전체를 내재한 "너무 크"고 신성한 절대적 존재자이다. "꽃과 하늘과 사랑 사이에 자비"가 산다는 것은 "꽃과 하늘과 사랑"이 어우러져 살아가는 운화지기 運化之氣의 질서가 곧 "자비"라는 뜻으로 이해된다. 생명의 운행원리가 곧 자비이며 "너그러운 신"이고 우주적 영성이라는 인식으로 해석된다.

여기에 이르면, 박용재의 시적 삶은 새삼 자신의 삶의 가치와 지표를 좀 더 분명하게 자각하게 된다. 그것은 "신"으로 표상되는 우주율에 순응하며 주변의 사물들과 상호작용하는 만물운화 萬物運化에 동참하는 것이다.

> 그 누군가에게 고운 향기도
> 한줄기 드리지 못한 인생으로 살다가
> 신의 곁으로 돌아간다면
> 저 작은 풀꽃이 얼마나 비웃겠습니까?
> ―「저 작은 풀꽃이 얼마나 비웃겠습니까?」 전문

그럴 수만 있다면
바람에 한없이 흔들려도 울지 않는
이름없는 풀꽃으로나 다시 왔으면
그럴 수는 없겠지만

— 「윤회」전문

"그 누군가에게 고운 향기"를 드리는 삶이란 "꽃과 하늘과 사랑 사이"의 "자비慈悲"를 생성하는 질서에 스스로 동참하는 것을 가리킨다. 그래서 "저 작은 풀꽃"은 시적 화자의 삶의 지표이며 거울이 된다. 시적 화자는 더 나아가 사후에도 "그럴 수만 있다면" "이름 없는 풀꽃으로나 다시 왔으면"하고 바라기도 한다. 그에게 "풀꽃"은 삶의 거울이면서 죽음의 거울이기도 하다. "그냥 꽃이면 되는 거지요"(「그냥 꽃이면 되는 거지요」)가 그의 궁극적인 생활 철학인 것이다.

이처럼 스스로 "작은 풀꽃"이 되고자 하는 생활 철학은 어느새 지속 가능한 지구를 위한 생태적 세계관을 일러주기도 한다.

지구여 욕망을 굶기거라
푸른 들판에 바람개비 한가로이 돌고
히아신스 꽃피고 지빠귀 노래하는

평화로운 마을에 도착할지니

—「절제의 신에게」전문

"지구여 욕망을 굶기거라"는 화두가 전면에 등장하고 있다. 자발적 가난의 미덕이 중요시 되고 있다. 그동안 지구 사회는 풍요와 번영을 문명적 진보라고 주장하며 질주해 왔다. 그러나 이러한 진보 신화는 어느 순간부터 작게는 인간의 자기 정체성 상실에서부터 크게는 전지구적 환경파괴, 생명가치 상실을 초래했다. 초록별 지구가 멸절의 몸살을 앓고 있는 것이다. 지속가능한 생명의 지구는 어떻게 가능할까? 다시 말해, "바람개비 한가로이 돌고/히아신스 꽃피고 지빠귀 노래하는/평화"의 지구는 어떻게 되찾을 수 있을까? 그것은 물질만능의 과소비를 "절제"의 청빈으로 전환하는 것이다. 그리하여 우주의 순환질서 혹은 신성의 존재성을 받아들이고 교감하는 것이다.

이러한 지구 생태계를 위해 요구되는 "절제"의 미학은 시적 형식론에서도 동일하게 적용된다. 언어와 이미지의 과소비 역시 물질만능주의 시대의 행태에 해당한다. 비움과 절제의 자발적 가난의 언어는 정신의 청빈을 불러온다. 정신의 청빈 속에서만이 신기통神氣通의 천인운화天人運化의 삶이 가능하다. 박용재의 정제된 4행시의 시도는 이러한 문맥에서 중요한 의미를 지닌다. 그는 4행시의 형식론을 통해 꽃의 우주, 우주의 꽃을 노래하고 우주 생명으로서의 자신의 삶의 지표와 지구 생태계를 노래할 수 있었다.

다만, 기승전결起承轉結을 근간으로 하는 4행시의 구성이 극서정시의 형식미학과 조응한다는 점(최동호)에 대한 탐색이 좀 더 요구된다. 기승전결起承轉結에서 기승起承은 현상적 사실의 개진에 집중한다면, 전결轉結은 기승의 응축을 바탕으로 한 반전의 도약 속에서 열리는 활연한 물리物理의 세계이다. 그렇다면, 여기에서 반전의 도약을 가능하게 하는 동력은 무엇일까? 그것은 바로 시의 형식 속에 들어온 절제와 비움, 즉 활동하는 무無라고 할 수 있을 것이다. 절제와 비움이 그 자체로서 의미를 지니는 것이 아니라, 신기통神氣通의 활동하는 무無로 작용하고 관여해야 한다는 것이다. 활동하는 무無란 십자가에 못 박힌 예수를 부활이라는 반전의 결과로 이끈 하느님의 침묵과 같은 것이다. 침묵하는 공空과 무無는 비약적인 창조성의 모태이다.

이와 같은 절제와 비움, 즉 여백의 동력을 살려낼 때 박용재의 시 세계는 신이 머물고 공명하고 소통하고 창조하는 극서정시를 더욱 유려하게 펼쳐낼

것이다. 여기에 이르면, 그의 시 세계에서 꽃은 직
시와 감상의 대상보다 활동하고 변화하고 작동하
는 기운생동의 주체로 존재하게 될 것이다.